JN158685

素直なこころ

國政　恭子

はじめに

この世に生命が誕生しました。木々や草花、虫や獣、そして人間。子どもたちへ、お父さん、お母さん、子どもに関わる全ての大人たちへ、地域社会へ伝えたい。

生まれてきた子どもたちが安心して生きることができる社会にするために。生きとし生けるもの全てに感謝の気持ちで…。

私は障がい福祉という仕事と出逢《あ》い、さまざまな家庭や子どもたち、そして親たちと接しました。そんな中、気になるのが、近年、「児童虐待」や「不登校」「いじめ問題」「引きこもり」…さらには「薬物依存」「詐欺グループ」など不適切な行動から事件となり、社会問題として取り上げられることが多くなっていること。全世界の中で、安心・安全が代名詞と言われる日本ですら、このような問題が毎日起こっていることです。

もう一つ、会社経営という仕事との出逢いがありました。そこで人材を育成することが一番重要だと実感。そのために必要な「コミュニケーション」「自己理解」「他者理解」「脳科学」に興味が広がりました。

現在、多くの人が「人間関係」に難しさを感じています。難しくしているのは「自分自身」ではないでしょうか。私は、〝人間関係に難しさを感じている人が楽になるにはどうしたらいいのかを伝えたい〟と考え始めました。

今まで自分が経験した出来事は、私に人間の使命と人間に生まれた奇跡を教えてくれたように感じています。一人一人が相手の立場に立って考え、行動し、目の前にいる人に優しくできれば平和な社会が生まれ、人は幸せになれるのではないでしょうか。人間に生まれてきた理由があるはずです。

全ての人々が「平和」を祈っています。

そんな世界中の人々が幸せになりますように。世界が平和になりますように。

人は一人で生きていません。人は人に支えられ、愛され、誰かの役に立てていると思うことで幸せを感じます。しかし、人は人に傷つけられ、つらいと感じることもあります。

人は人に成長させてもらえるのではないでしょうか。平和な世界になりますように「素直なこころ」を大切にしていきたいです。世界中が平和な社会になりますように、心から願っています。

目次

〈イラスト〉Asuka

第2章

素直なこころ

素直さが人を成長させる・人から必要とされること・人の役に立つこと

〈イラスト〉Takumi

第3章

仏教の国

人間に生まれた理由・人間に生まれた奇跡

〈イラスト〉Satoshi

〈イラスト〉Satoshi

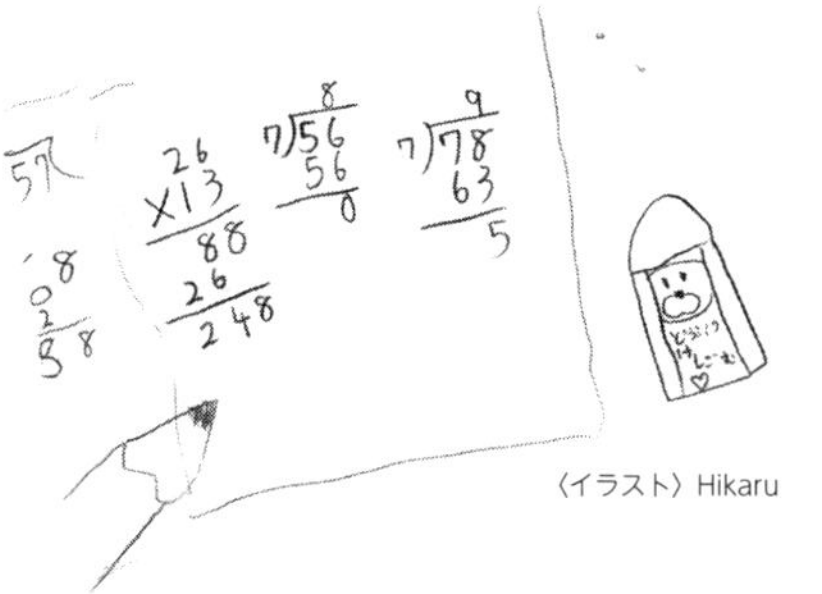

〈イラスト〉Hikaru

子どもたちへ

幸せになっていいんだよ

※本文中の挿絵は著者である國政 恭子の作品です

〈イラスト〉Asuka

1

心のコップ

自分を知ること
相手を知ること
・
自分を認めること
相手を認めること

〈イラスト〉Takumi

子どものことを知ろう

「うちの子『じっとしていられない。お友達と遊べない』って保育園の先生に言われて」

「『療育※センターってところに行って診てもらえ』ってことで発達検査を受けました」

「自閉症スペクトラム障がい（ＡＳＤ）って診断名がついたのー」

「それで、療育を受けろだの、お母さんも接し方の教室があるから参加しろだの…」

「そうなの？ うちの子って障がい児なの？ 療育を受ければ治るの？」


などと、相談に来るお母さんは少なくありません。

私が障がい児の通所施設を開所してから年々、軽度とかグレーとかアスペルガーとか、いわゆる「発達障がい」という診断が出る子どもが増えてきました。

「診断の大安売り」と表現する人もいるくらいです。私もそんなふうに思うこともあります。

「発達障がい」という障がいの特性なのか、単に人間の性格的な個性なのか、捉え方で変わってしまうように感じます。

このような相談が入ると、

①その子に会いたくなる

②好きなことや得意なことを探りたくなる

③お母さんの好きなことや得意なことも知りたくなる

④お父さんの好きなことや得意なことも知りたくなる

その子が療育を受けなければならない。お母さんも勉強しなければならないといった視点だけで物事を進めるのではなく、みんなが困らなくて、楽しい方がいいよね、ということです。

本人も周りも困っていることを探ります。そして楽しそうにしていること（集中していること、ニコニコしていること）に気付きます。

お母さんに似ていませんか？

お父さんと似ていませんか？

楽しいと思っていることは、結構、親子で同じだったりします。

一つの例で言いますと、
子どもが自分で作詞作曲しているのか、鼻歌を楽しそうに歌っています。

それで、「お母さんの好きなこと、趣味は？」と尋ねると「カラオケで歌うことです」。

ほーら「一緒に歌を歌ったら楽しいよね」ということです。

その後、療育も受けながら、お母さんも子どもへの接し方教室へ通って、それなりに楽しい親子関係で生活しています。

※療育とは障がいを持つ子どもが社会的に自立することを目的に行われる医療と保育

第１章：心のコップ

自分を認めること

自分を認め愛することができる人は、強くて優しいです。
自分を認められず愛することができない人は、弱くて寂しい思いをしています。

しかし、自分で自分のことを理解しているのかを意識していないと、自分を認めていいのかとか、認めてはいけないのかという考えには至りません。

自分のことを「理解したい」と思うところからスタートします。
自分を「知りたい」がなければ（素直さが大切です）、スタートできません。
「理解したい」と思ったらスピードに乗れます。
自分のことが分かったら、相手のことも知りたくなります。

ここで人は「良いところ」を探すのが得意な人と「悪いところ」ばかりに目がいく人がいます。

どちらが「良い」「悪い」ではないのですが、できたら「良いところ」に目がいく方が自分自身は楽です。

「良いところ」探しをする人は自分の良いところも見つけます。自分の良いところを見つけられる人は自己肯定感が高まります。

「私、フリルの付いたお洋服がよく似合うわね」

「僕は野球がとても上手」

「私はお手伝いの中でお料理をするのが一番得意」

「僕は算数が得意」

など子どもの頃から気付く子たちは自己重要感も満たされていきます。

まずは「自分」を知り、「自分」を認めましょう。そして自分で自分のことを評価しなくても、周りから認められる人になりましょう。

自信満々ということではなく、自分を大切にできる人は必ず相手のことも大切にできます。

ママから褒められたい

心にコップがあると想像してみてください。

そのコップの中は
「私って良い子」

「私ってかわいい」

「僕って強いぞ」

「僕は役に立っているぞ」

と自分で自分を認める「自己承認」と、

「あなたは優しい子ね」

「あなたは良くできる子ね」

「あなたが居てくれてうれしい」

と他人に認められる「他人からの承認」で満たされると想像してみてください。


自分で自分を認めるには自己肯定感が必要です。

「生まれてきて良かった」

「生きていて楽しい」

そんな感情です。

その上で
「私は良い子」

「私ってかわいい」

などと自分を認める感情が生まれます。

しかしながら「自己承認」だけでは心のコップは満たされません。

もっともっと心のコップの中を満たそうと行動します。

「ママ、見て見て～」と上手に描けた絵を褒めてもらおうと持ってきます。

「上手に描けたね～」と言ってほしいのです。

「ママなんか大嫌い」と言って物を投げる。間違った行動ですが、これも「他人からの承認」を得たいからです。

ママから愛されているのか知りたいのです。確認したいのです。
こうして人は心のコップを満たそうとします。

では心のコップが満たされ、溢《あふ》れ出るとどうなるのでしょうか。

まず、溢れ出るってどんな感じでしょうか。
心がワクワク、心がフワフワ、心が軽くなった感じでしょうか。
表情はニコニコ笑顔になります。優しい気持ちになります。前向きになります。そんな感じでしょうか。

そして溢れ出ると、どんな行動ができるようになるのでしょうか。

普段、ちょっと苦手な人が居るとしましょう。その苦手な人には普段は頑張って、頑張って、作り笑顔で挨拶《あいさつ》します。
時にはちょっと気付かなかったフリをして無視してしまったり。

そんな態度が、
心のコップが満たされ、溢れ出ると、
頑張らずに笑顔で挨拶ができます。さらには会話まで笑顔でできます。心にコップがあると想像し、常に意識していないと、この気持ちを感じることはできません。心のコップを常に意識していると、このような経験ができます。
苦手な人とも楽しく過ごせるのなら、常に心のコップを満たされた状態で保ちたいです。
しかし、残念ながら、心のコップは一度溢れ出しても、また減ってしまうのです。
減ってしまうと、人はまた他人からの承認を求めてさまざまな行動を起こします。

叱るとき

「叱る」と「怒る」の違いを説明できますか？

怒るは感情的に伝えてしまうこと、
叱るは情報提供、軌道修正、
と説明することができます。

人間には意識の5段階というものがあります。
その意識の5段階は
環境→行動→能力→信念・価値観→自己認識です。

この意識の５段階は脳科学的には脳のそれぞれの部分に影響されるものと教えていただいたことがあります（専門的な説明はできません）。一つだけ記憶しているのは「自己認識は脳幹に関係する」ということです。

「脳幹」は恐竜の脳にもあったそうです。「脳幹」は「生命維持装置」のような働きをするそうです。

なので攻撃されたら「戦う」または「逃げる」、そんな判断をする脳の機能です。人間も同じです。「脳幹（自己認識）」を攻撃されると「生命維持装置」が働きます。

「お前はダメなヤツ」
「あんたって最低」
「なんで、あんたはそんなことすらできないわけ？」
「お前のせいだ」

こんなふうにその人そのものに対して否定的に言葉を投げかけてしまうと、人って「戦う」か「逃げる」行動しかしないのです。

自己否定の言葉を投げられ続けると自己認識を攻撃されるわけですから、自己肯定感は下がります。

「私は生まれてこなきゃよかった」
「僕がいなくなればいいのかな」
「私なんて役に立たないよね」
しまいには
「生きていていいのかな…」

絶対に、自己認識を否定しないでください。
そして、感情的に怒り散らさないでください。
もし、感情のコントロール（アンガーマネジメント）ができず自己否定をして怒り散らしてしまったら（人間です。いつもいつも感情を抑えることはできません）、自分を悲観せず、怒ってしまった相手をしっかり抱きしめてください。

そして叱るときはその子の行動に対して叱ってください。
例えば、
片付けない子どもに「なんで、片付けしないのー。ダメな子ねー」ではなく、「お部屋が散らかってるね。片付けてくれたらうれしいなぁ」ですね。

お部屋が散らかっている環境を注意し、行動を促してみてください。
それでも、できないことは大いにあります。
なぜ、できないか、やらないかの行動を観察してみてください。

逢《あ》いたい人に逢いに行こう

心のコップの中がいっぱいになって溢れ出ると、普段は苦手だなと思っている人にも頑張らずに優しく接することができます。
そして残念ながら心のコップが一度溢れ出ても、また減ってしまう…。

ではどうやったら溢れ出るのか？
そして、また減ってしまうのか？

気の合う友達と
「私たち波長が合うよね～」
「価値観が近いから話が合うよね～」

「雰囲気が似てるよね～」

などと話をします。

そうなんです。仲良くなる相手はよく似ているのです。

仲良くなりたいと思う相手がいたら、その相手のしぐさや、表情、声のトーンまでも、ちょっぴり真似《まね》してみましょう。

すると、話が弾み始め、仲良くなれそうな予感がしてきて、そのうち本当に仲良くなれます。

カウンセリングをお仕事とされている方は、自然にこのような会話の仕方をされています。


逢いたいと思う人は自分の心のコップを満たしてくれる存在なのです。

楽しい時間を過ごしているのです。頑張らずに、自分を認めてくれる相手です。

逢いたいと思う人と過ごせば心のコップは満たされるのです。


ではそうでない（逢いたいと思わない）人はどんな人でしょうか。

自慢話ばかりする。人の悪口ばかり言う。人の批判ばかりする。相手の気持ちを無視する。こちらの話は聞いてくれない。コミュニケーションが難しい。

こんなふうに感じているのですね。嫌な気持ちになると心のコップの中身は減っていきます。

その相手の人が、良い、悪いではないのです。

自分にとってですから。自分が心地よいなと思う相手とできるだけ一緒に過ごせばいいだけです。

そして、心のコップを満たしてくれる仲間はたくさんいた方がいい。自分で自分を発信し、逢いたいと思ったら逢いに行く。心のコップを満たすための行動を起こせばいいのです。

さらに心のコップが満たされている状態を保てば、逢いたいと思わない人と逢ったとしても頑張らず優しく笑顔で接することができるのです。

しかしながら、逢いたいと思わない相手は心のコップの中身を減らしてしまいます。

それでも、自分はその人の心のコップを満たす存在であろうと思えばいいのです。

その人の心のコップを満たそうと頑張っても頑張っても、難しかったら、その場から逃げることも自分の心のコップの中身を守るための必要な行動です。

自然に離れればいいのです。にこやかに。

この「にこやかに」が大切です。


そして心のコップを満たしてくれる、逢いたいと思う人に逢いに行きましょう。

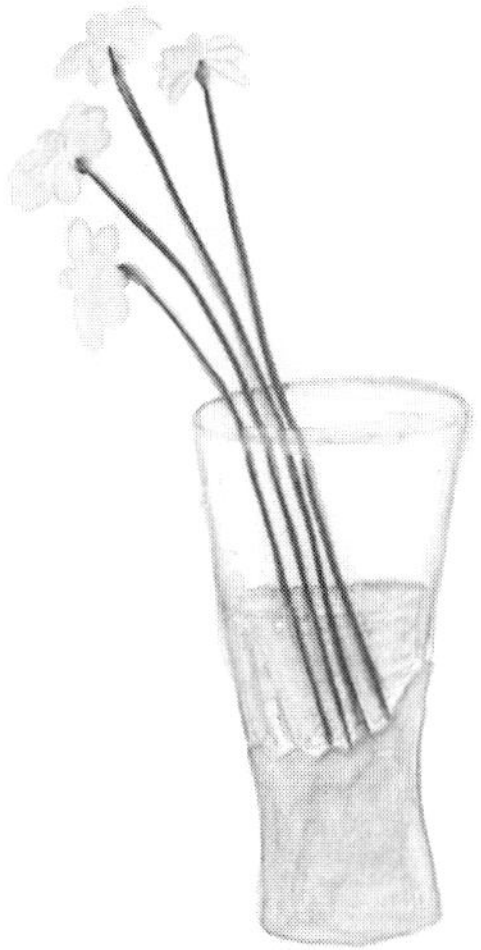

素直なこころ

心のコップの中身を増やすためには、心地よいと思う相手と一緒に過ごせばいいのです。

でも、社会生活を送っていると、心のコップの中身を減らしてしまうことにも出逢います。

「この人と居るとしんどいなぁ。いやだなぁ」と思う相手とも一緒に過ごさなければならなかったりして。

例えば、同僚やクラスメートに「心のコップ」について説明したときに「私、心のコップが空っぽかも…」という人に出逢ったとしましょう。

「空っぽ」という人には共通点があります。

「お母さんから一度も褒められたことがない」

「誰からも褒められたことがない」

「学校でいじめにあった」

ひどい場合は、

「お父さんから虐待を受けていた」など心のコップが満たされるどころか、「生まれてこなければよかった」「誰も私を必要としていない」と自己肯定感が低すぎる状態です。


自己肯定感が低いと自分のことが嫌いです。

「どうせ自分なんて」「何をやっても、できない」と自己否定します。

自分のことが嫌いな人に他人を好きになることはできません。人を認めたり、人を褒めたりすることができません。

それでも恋愛も結婚もします。同じように自己肯定感が低い人同士が求め合います。

しかし、恋愛も結婚も継続することがとても難しいです。次から次へと相手を変えます。

「私、心のコップが空っぽかも…」という人に出逢ったら、その人のことを知りたい、大切な人なんだと思って親身に話を聞きましょう。

その人が自分の話をしてくれたら、

「それはおかしいよ」とか「それはあなたが間違っている」と思っても、話が終わるまで共感を示しながら親身に話を聞きましょう。

相手の立場に立って、しっかり聞きましょう。

「そうだよね」

「そう考えたんだね」

「頑張ったんだね」

「偉かったね」

と肯定的な言葉を返します。

そうすると、どんどん、どんどん、話が弾みます。最初は固い表情で攻撃的な姿勢の人も少しずつ表情が柔らかくなります。

そして心から褒めましょう。相手の心のコップが満たされていく瞬間が分かります。

そして信頼関係が生まれます。

心のコップが空っぽで、いつも不機嫌で攻撃的、人をけなしたり悪口を言ったりする人でも、自分自身がその人のことを大切な人と思って接すれば笑顔になります。

それでも攻撃的な言動が変わらない人も正直います。
それはその人に「素直さ」が足りていません。

人は素直なこころがあれば必ず変わります。
自分で気付くしかありません。

人間の器

心のコップが満たされると幸せになるのかな…と少しずつ分かってきましたね。

素直なこころの人は褒められたら、素直に「うれしいな」と喜びます。

「うれしいな」が心のコップを満たします。


地位や名誉があり、人から尊敬をされている人ほど、傲慢《ごうまん》さがなく謙虚で穏やかで優しい人です。

そして、そのような人は財力もあります。

必死で人を蹴落としてお金を手に入れた人もいます。威張っています。傲慢です。

人を見下します。貧乏人を、ばかにします。

「俺は、偉いんだ。言うことを聞け」と自分より弱い人間をそばに置きます。

そして成長せず、学ばず、偉ぶるだけです。自分が一番上でいることだけを考えます。偉ぶらず、人を見下さず、人を大切にし、優しい、誰もがそんな人と一緒に居たいと思うはずです。

しかし傲慢で威張っている人のそばにも人は存在します。

「お前は俺様の言うことを聞いていれば幸せになる。言うことを聞いていれば、俺様がお前を幸せにしてやる」と言われます。そして間違った行動をします。俺様が「やれ」と言ったことは世間では間違ったことでもしてしまいます。

そんな行動も自己承認を満たす行動なのです。

「俺は偉いんだ」と思っている人は自分で人間の器を大きくしてしまいます。

地位や名誉があり、人から尊敬されている人は「自分はまだまだちっぽけだ」と謙虚さを備え持っています。自分の器は、まだまだちっぽけと思っています。

この人間の器の大きさは「心のコップ」に比例します。

傲慢な人は自分勝手に人間の器を大きくしてしまうので「心のコップ」は全然満た

されません。

しかし本当の成功者は、まだまだと思っていますので「心のコップ」は満たされやすく、満たされ続けることができるのです。

ただし、あまりにも「私なんて…全く自信ない…」「人間の器なんてお猪口《ちょこ》くらい…」という人は、ちょっとしたことで満たされますが、ちょっとしたことで一気に空っぽになってしまいます。

ほどほどに人間の器を備えられる自分になる努力をしましょう。

第１章：心のコップ

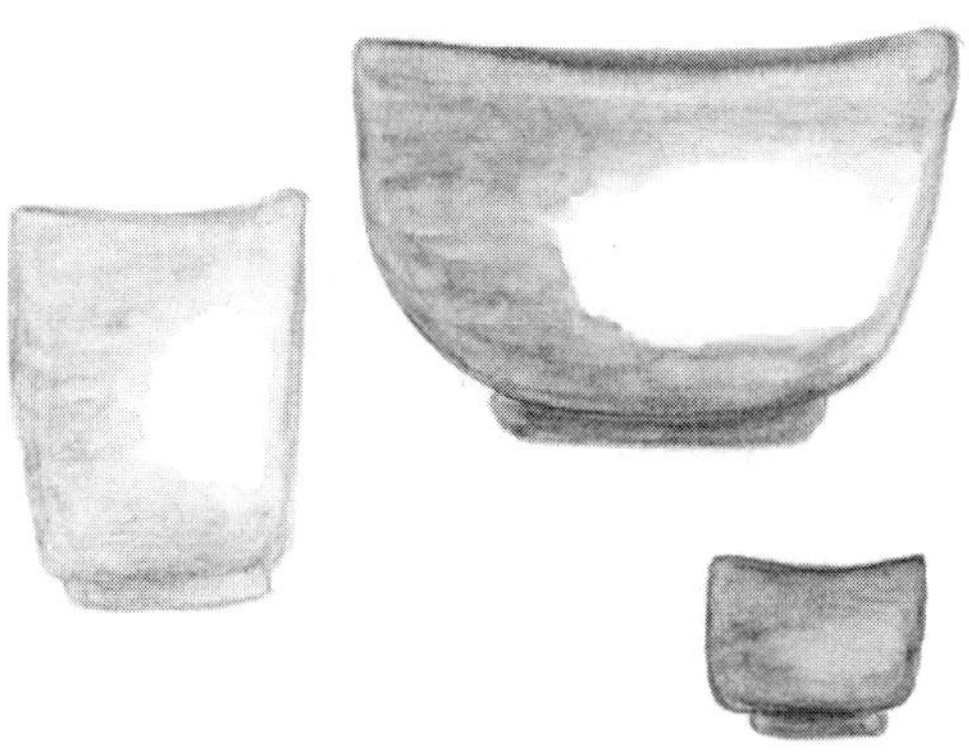

人を見る目

子育てや人材育成について、世の中の大人たちは常に悩んでいます。

「うちの子、言うこと聞かない」

「近頃の若いもんは…わしらが若いころは…」とできないことに注目します。


人事部で管理職をしているAさんが居るとしましょう。

「近頃の若いもんは…」何と比べているのでしょう?「自分」でしょうか?

人事を担当するのはとても大変です。

なぜなら、一人の人生を抱えてしまうと言っても過言ではない仕事だからです。そこをまず自覚しましょう。

「若いもん」とひとくくりにすることも、自分と比べるということも良くない考え方です。

その人、その人、一人一人を個別に見ることが大切です。自分自身もです。

いつでも自分自身の判断は自分の物差しで決めているのではないかと客観視し続けることが大切です。

そのためには「人を見る目」を養うことが大切です。

「人を見る目」です。人間の器を自分自身で大きくしてしまうような経営者は「人を見る目？　人をそんなふうに見たことなんてないです」と発言してしまうような人に人事権を与えてしまうこともあります。そうするとどうなるのでしょうか。

そんな人事担当者は自分に都合の良い（自分の言うことを聞くだけ）職員を「良い職員」としてしまいます。仕事もできず、成果も出ていないのに高評価を与えかねません。さらには、仕事ができ、成果も出しており、もっと成果を出すために上司にも意見を言うような職員を「自分の言うことを聞かないからダメな職員」と評価を低くしてしまうこともあり得ます。

「人を見る目」とは自分の価値観を上げることと比例します。

自分の価値観より下しか見ようとしていないと、自分の価値観以上の人は判断できません。

自分の価値観を上げる（幅を広げる、視野を広げる）しか「人を見る目」は養われないのです。

自分の目標をどこに置くかです。

自分がどうなりたいかです。


「『人を見る目』なんて考えたことがありません」と言ってしまうような職員が人事を担当してはいけません。

そういう人は自己成長も見込まれません。

そして、人の成長も止めてしまう可能性があります。


ただし、そういう人も「心のコップ」を満たすことができれば変わることができます。

第１章：心のコップ

知らないことを知っていることにする

日本の東京の青山という地域に児童相談所が建設されることへ賛否の意見が出ました。

「児童相談所」と聞いて、人々がどんなイメージをするのか考えるきっかけとなったのではないでしょうか。

人は「否」の意見にフォーカスしてしまうことも分かりました。そして、一緒になって「否」に賛同したり、「否」に対して「賛」の意見をぶつけ、「否」に対して「否」の意見を言うのです。

「賛」にフォーカスした方が物事がスムーズなのでは？と心の中ではみんな思っています。そしていずれにせよ青山に児童相談所が建設されます…。

建設されたら「否」に賛同していた人も「賛」に賛同します。

よくよく考えたら「なんで、反対していたのだったかしら？」となります。

目の前に起こった出来事に対して、「児童相談所」とやらがどんなものなのか大して知りもしないのに、なんとなく、みんなが反対していることに乗っかったと気付きます。

人は人と違うことを恐れます。

時間とともに「賛」と発信する人が徐々にフォーカスされ始めます。

だんだん「児童相談所」とやらの中身が分かってきます。

それから「なんで、反対していたのだったかしら？」と気付き、「賛」となっていく人が多いのです。


まずは「知る」ということです。

「知らない」ことに賛成も反対もできません。

まずは知らないことは「知らない」と認めて、「知る」行動をとりましょう。

「児童相談所」に限らず、全てのことにおいて「知らない」ことは「知らない」と認めましょう。

認める「素直さ」を持ちましょう。

反対意見を言っていたあなたのことを、周りは意外と覚えています。無かったことにせず、知らないのに批判してしまったことを認め、反省し、賛成に至る自分の心の内を周囲に伝える行動を起こしましょう。

「知らない」を認め、「知ろう」と行動(調べる、知っている人に聞くなど)してください。その行動が「知っている」事柄を増やしてくれます。

そうやって、いくつになっても学び、成長していくのが人間なのです。

第１章：心のコップ

出逢いは必然

「あの人って魅力的よねー」などと人を見て言ったりします。

「魅力」って、どこを見て言っているのでしょうか。

「魅力的」という言葉の意味は「心が引き寄せられる」となりますでしょうか。

「魅力的」という言葉は、人に対してだけではなく物事にも使います。

例えば、「この絵画は魅力的ね」や「あのレストランって魅力的」などです。

絵画が対象だと「購入したい、そばに置いておきたい、飾りたい」となります。

レストランが対象だと「また行こう」となります。

人が対象だと「また逢いたい、そばに居たい、話したい、一緒に過ごしたい、一緒に食事したい、ずっと一緒にいたい、抱きしめてほしい」……。

たくさんの感情が湧き出します。

自分にとって魅力的な人は裏切りません。

裏切られたとしたら、まだまだ自分が未熟であることに過ぎません。

魅力的と感じる相手は「お互いさま」です。

一方的ではなく、双方向の感情が一致しています。

お互いが「魅力的」と感じ、「また逢いたい、そばに居たい、話したい、一緒に過ごしたい…」と感じています。


この感情は親子だから、きょうだいだから、家族だから、古い友達だから…ではありません。心（魂）が通じ合います。


出逢いは必然とよく言います。

逢うべくして逢うのでしょうか。

では世界１９６カ国、総人口73億、その中から何人の人に魅力を感じるのでしょうか？

限られた命。人は必ず死にます。
安心して死ぬために、一人一人の人間が何をすればいいのでしょうか。

素敵《すてき》な女性と日本の象徴

「仕事で大切にしていることは?」と聞かれて、必ず答えるのは「品位」です。

私が言う「品位」とは「皇室」や「王室」です。

日本人なので「皇室」の品位漂う立ち居振る舞いには憧れを抱きます。

日本の象徴であるわけですから、日本国民がお手本にし、「皇室」のような「品位」を備えていればきっと争うこともなく、国会での「ヤジ」なんかも無いはずです。

とはいっても、所詮《しょせん》…人間ですもの。「完璧」なんて無理。自分のことを「完璧主義」と言う人がいます。

「完璧主義」を周りの人にも求めて、自分の思い通りにしたがります。

「利己主義」な人と捉えられてしまうこともあるかもしれませんね。

人間なんて所詮…「不完全」な存在と認め、謙虚に感謝の気持ちを持つ方が楽に生きられます。

私も「品位」を大切に思い行動しようと努力をしますが「所詮」…です。大きな口を開けて大笑いもします。そんなときは「所詮」…と反省はしますが、憧れの「皇室」には程遠いです。それでも近づきたいと努力し続けるでしょう。これからも。

ある時期に職場の人材育成に携わった際、素敵な女性との出逢いがありました。

私は身長150センチ余り。すらっとした長身への憧れが強いこともあって、その女性は170センチくらいでした。しかも美しく、品がありました。「素敵な人」と思い、「仲良くなりたい」と思いました。

どうやったら仲良くなれるのか、どうやったら信頼関係が深まるのか、その女性のことを「知りたい」と。

仕事を通じて適度にお逢いする機会をつくりました。その都度、たくさんの会話をしてお互いを知っていきました。

意外と早く信頼関係が築かれ、ランチミーティング、会食、彼女のセミナーのアシスタントをさせてもらいました。

今では定期的にお食事をして近況報告をする仲です。

「心のコップ」を満たしてくれる相手です。


後々にその素敵な女性に、「とっても素敵な人だなぁと思って、仲良くなりたいって思ってね、たくさん一緒に過ごせたらなぁと思っていたのよ」と伝えました。

彼女は「……そんなふうに…」と言って泣き出しました。

私から見たらとても堂々としていてスタイルも良く美人で、仕事もできて「素敵」の一言です。

しかし、彼女は「『できる女』と思われているのだろう」「失敗は許されない」と常に必死に頑張ってきたようでした。


素敵な人は見えないところで頑張っていて、努力しています。そして謙虚さ、感謝の気持ちを持っています。

きれいな心の人は見た目にも滲《にじ》み出るのですね。

そして自己評価せず、周りからの評価をいただけるのです。

自己満足せずに周りからの評価をいただける人間でありたいですね。

出逢いは必然です。

〈イラスト〉Hikaru

2

素直なこころ

素直さが人を成長させる
・
人から必要とされること
・
人の役に立つこと

〈イラスト〉Syun

働くことは心を満たす

「障がいがある人は福祉制度を利用しながら、生活できるから働かなくてもいいじゃない」

「働かなくても生活できるように、きちんと国が面倒を見てあげたらいいじゃない」

と考える人もいるかもしれません。


しかし、障がいを持っている人で、毎日楽しく仕事へ通っている人もたくさんいらっしゃいます。

最近ではＡＩが発展して、身体障がい者の人が家にいながら「カフェの接客」のお仕事ができるのです。

私も障がい者の通所施設を運営している者の一人です。ダウン症の青年たちのお仕事体験への支援もしています。その中で常に感じます。

彼らは人に喜んで笑顔になってほしいと純粋に願っています。

誰かの役に立ちたいと思っています。

障がいのある人は誰かのお世話になって生活している人がほとんどです。

私たち健康な人も一人で生きているわけではありません。


私たち健常者も働いています。

障がい者も働いています。


障がい者は働いて誰かの役に立っていると喜びます。そしてお給料を頂いて、素直に「うれしい」と言います。

「お母さんに何を買ってあげようかな」「今月は自分にご褒美だ。好きなゲームソフトを買っちゃおうかな」と些細《ささい》とも言えるようなことに喜びを感じます。


健康である者（健常者）はどうでしょうか。

「給料が上がらないな」

「こんな安月給なら、このくらいしか働きたくない」

「今日はしんどいから休もうかな」

「あの上司、最悪」

など愚痴をこぼしたりしていませんか？


人は幸せにならなくてはいけないと思います。

人間の幸せは、物ですか？　お金ですか？

人間は人に愛されたいのです。そして人に褒められたいのです。

そして、人の役に立ちたいのです。人から必要とされたいのです。

愛されること以外は「働くこと」によって得られます。

他人からの承認です。

他人から認められるには「働くこと」です。


健康である者は「働いてやっている」「こんな給料で働けるか」など、自分の欲求を満たそうとします。

障がい者は純粋に自分の心を満たすために働きます。

第２章：素直なこころ

心の豊かさが人を強くする

「人を見る目」について考えてみましょう。
人は皆、平等。そうですね、みんな平等に「幸せになる権利」があります。
ただし、人間として生きていく以上、守らなければならないルールはあります。
そして、ルールを守る上にはマナーという概念もあります。

人間社会の中に「健常者」と「障がい者」という概念がつくられました。
「障がい者」だから不幸でしょうか。
「健常者」だから幸せでしょうか。
「健常者」から見て「障がい者」を「かわいそう」って思う、本当にそうでしょうか。

「健常者」のＡさんは親に褒められたこともなく、いつも怒られていました。大人になっても楽しいことなんてなくて、仕事を転々とし、収入も少なく、ストレスもたまり、たばこやお酒で気分を紛らわせているけれど、お金もないし、誰からも必要とされていない…毎日生きていくのすらしんどい。

「障がい者」のＢさんは車いすで生活しています。頑張って学んだのでパソコンが得意です。

親からも愛され、バリアフリーの環境を整えるために、お父さんが家を改築してくれました。パソコンの技術を生かしてプログラマーの仕事をしています。収入も安定しています。ヘルパーさんや友人に恵まれ、毎日充実した生活を送ることができています。ありがたいことです。

どちらが幸せでしょうか。どちらがかわいそうでしょうか。

「お金がないのでしょう。障がいがあるから不自由でしょ。私たちが助けてあげるわよ」もしこんな考えを持っていたら、それって「上から目線」ではないでしょうか。

心の豊かさがある人は強くて、幸せなのではないでしょうか。

本物との出逢《あ》いと働くという幸せ

障がい者は働く喜びを純粋に知っています。

ダウン症の子どもたちとの出逢いがたくさんありました。ダウン症とひとくくりにはできません。症状はその子その子で違います。

コーヒーサービスの練習をして、大学祭や各種イベントでカフェ運営を行う、ダウン症の青年たちのグループがあります。

私の夫の経営している会社では飲食店も営業しています。店休日に本物の飲食店でコーヒーサービスの練習をしたらどうかなと…。ダウン症の青年たちと練習を開始しました。

お店ですから、さまざまな「本物」があります。お酒の瓶やジュースのサーバー、ソフトクリームの機械など、食べたくなりそうな、触りたくなりそうなものがたくさん。お母さんたちは「触るかな…」「コーヒーカップ割らないかな」と心配ばかりです。「でも、そんなこと考えていたら前に進めない。何かあったらその時に考えよう」と「本物」がある場所での練習をすることにしました。

何がなにが…彼らはとても素敵《すてき》に、かっこよく練習することができました。

普段は、福祉センターなどの行政施設の一室を借りて練習していたそうです。その時の方がだらけていたそうです。「本物」に触れたら、彼らはかっこいいサービスができました。

「できないだろう」とか「危ないかも」と勝手に親や支援者が決め付けているのです。その決め付けが、障がいを持って生まれてきた子どもたちの未来の可能性を奪ってしまいます。

そんなことを彼らが教えてくれたように思います。

そして「本物」のウエーター&ウエートレスのデビューが実現しました。

店長がこの取組を知り、「いつデビューですか？」「営業時間に職場体験してもらいましょうよ」と声を掛けてくれました。

こうやって少しずつでも障がい者を理解する人が増えていけば、活躍する場が増えます。


いよいよ職場体験「本番」です。

開店準備。紙ナプキンの補充、メニュー表のセッティング、お冷のセットなど。

いよいよ「開店」です。

「いらっしゃいませ」と元気に挨拶《あいさつ》。予定していた仕事内容よりも、たくさんの仕事をこなしてくれました。

途中、おなかがすき過ぎて「食べた〜い」との発言もありましたが、そこは愛嬌《あいきょう》で乗り切りました。


店長が「まかない」を作ってくれました。

ハヤシライス。

仲間と仕事の後の「まかない」は格別だったようです。

働くという喜びは彼らの心のコップを満たしてくれました。
本当に幸せそうでした。
「またお仕事したい」と熱心に店長にお願いしていました。

幸せとは人の役に立つこと

五体満足で生まれてきた私たちは幸せでしょうか。

五体不満足で生まれてきた人は不幸せでしょうか。


五体満足だから幸せなわけではありません。

五体不満足だから不幸せではありません。


健康で元気ならば、働いてお金を稼いで税金を支払うことは国民の義務です。

障がい者雇用、ここのところ各省庁で「障がい者雇用の水増し」なんてことがニュースに取り上げられました。

五体満足でも五体不満足でも関係なく、自分でできること、得意なことを生かせば働くことができます。

車いすユーザーであっても手が使えればデスクワークができます。たくさん稼ぐことができます。

知的障がいの方で笑顔が素敵で元気に挨拶してくれるなら、居てくれるだけで社内が明るくなります。

障がいがある無しではありません。心が健康であれば幸せを感じることができます。

心の健康を保つには、

「人から愛されること」

「人から褒められること」

「人から必要とされること」

「人の役に立つこと」

この四つが満たされないと幸せや生きる喜びを感じられません。

愛する以外は「働くこと」で手に入ります。

五体満足でも仕事が無い、できない。
五体不満足でも仕事がある、できる。

人は人から必要であり続けることが本当の幸せです。
誰かの役に立っていたいのです。

ありがとう

褒められ上手

人材育成について学び始めました。

自閉症スペクトラム障がいの一つである「学習障がい」についての学びも増えてきたところでした。

この「人材育成」についての学びと「学習障がい」についての学びは、どうやって人に教えるか？ どうやって人を育成するか？

学ぶにつれて、共通点が多くありました。

そうなんです。どちらも同じ人間なんです。

人を育てる。障がいがあるとか無いとかのくくりではないと感じました。

「その子、その子。その人、その人」なんです。

障がいの特性ではなくてその子、その子の個性だということを分かっていますか？

ということです。

その子、その人に向き合っていますか？　ということです。

その人を「知りたい」と興味を持っていますか？

その人を大切な人だと思って「知りたい」と知るための行動を起こしましたか？

「知りたい」とは信頼関係を深めていくための入り口です。

例えば、身だしなみについて職員に注意しなければならないことがあったとします。

どうやって、注意をしますか？

「なんですか。この身だしなみは…きちんとしてくださいよ…」といきなり注意をしますか？

「いつもありがとうございます。頑張ってくれているから、会社も助かってるし、私もうれしいです」などと褒めてから「そこで…身だしなみも、もう少しこうしたら…かっこいいですよ…」などと注意をします。

注意をする前の「褒め言葉」はとても重要です。褒められると、人はとてもうれしいです。「やったー、褒められた」です。素直ですね。

一方で、こんな人もいます。

「頑張っているに決まってるじゃないですか…仕事ですから…会社を助けるために働いているわけじゃないですから…」と褒められて素直に喜べない人も、中にはいます。

このように素直に褒められてうれしいと思える人（前者）は注意もしやすいので、成長することができます。

褒められ下手の人は心のコップの中身が満たされていない場合がほとんどです。

まずは良いところを見つけて、褒め言葉を素直に受け取られなくても、何度も何度も褒めましょう。

そしてその人のために、注意したいことを伝えて成長を見守りましょう。

よくできました

出来事と悪口

働いていると、社員同士でお互いに注意し合うこともあります。

嫌なことを伝えるには体力（エネルギー）を使います。

信頼関係がしっかりできているとお互いに褒めることも、叱ることも容易です…。


本当に大切だと思っている人には良くなってほしいから、注意したいでしょ。

母親はなんでわが子を叱るのでしょう?「『良い子』になってほしいから」の一言です。

「良い子」は母親が思っている「良い子」という概念なので、一人一人違いますね。


わが子はこうあるべき、子育てはこうあるべき…と。

人は人に愛されます。必要とされます。大切にされます。

人は人にいじめられます。邪魔にされます。追いやられます。


相性とか、波長とか、言葉では簡単に表現します。

「あの人は、あーだ、こーだ」と言います。これを悪口と捉えます。

では「悪口」って何でしょう。

「○○さんが路上駐車していて、とても迷惑だったの」とAさんが言いました。

「それは迷惑だったね」とBさんが答えます。

この会話を「悪口」と捉えますか？「出来事」を話していたと捉えますか？

これは「出来事」を話しているだけです。

「路上駐車していて迷惑だったの、だから○○さんはマナーがなってなくて私は嫌い」

と感情を付け加えます。

しかしBさんは「そうよね、マナーは守らなくちゃね」と答えたら感情も一致します。

なのでこの会話も「出来事」を話したにすぎません。

ではBさんが「迷惑だったかもしれないけれど、たまたまなんじゃない？ 悪気はないわよ。マナーがなっていないとか言い過ぎじゃない？」と言います。

これは感情が一致していません。こうなるとBさんは、Aさんが○○さんの悪口を言ったと捉えます。

悪口とは「出来事」に感情が乗っかり、言う相手によって「悪口」となります。

誰も「悪口」を言っているつもりはないのです。ただ出来事に感情を込めて伝えてしまうのです。

人に対しての「出来事」は伝える相手を考えましょうね。

第２章：素直なこころ

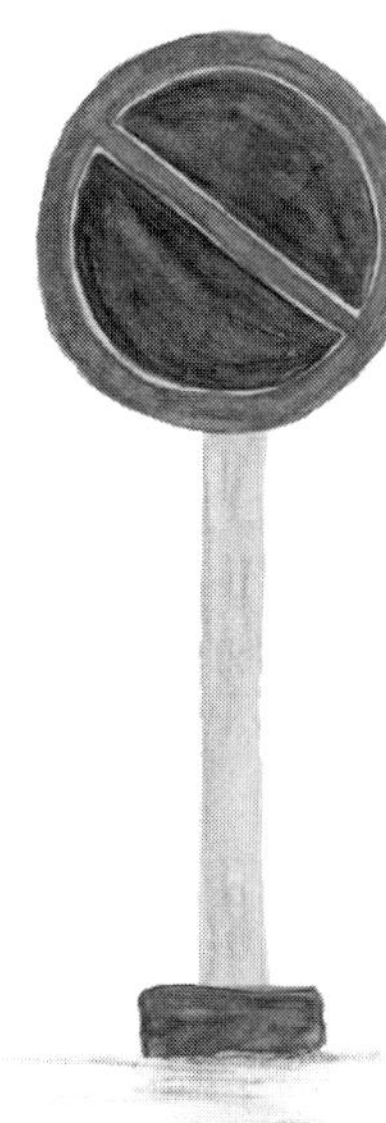

ストレスの原因

現代社会は「うつ病」「双極性障がい」「統合失調症」などの心の病名を耳にすることが多くなってきました。

そこで一つ例に挙げたいのが「パニック発作」です。「過換気症候群」「過呼吸」とも表されます。

誰にでも起こりうる症状だと思います。

人はさまざまなストレスを感じます。感性が豊かだとストレスを多く感じるでしょう。

感性とは風を感じたり、音に敏感だったり、感触にも敏感です。生活するだけでもなかなかのストレスですね。

頑張れば頑張るほど、できない自分を悔いたり、人と比べては落ち込んでみたり。

すると、もっともっと落ち込み、不安で不安でたまらなくなります。眠れなくなります。ちょっとしたことでも過呼吸を起こしたりします。

精神科や心療内科にかかると「不安症」「うつ病」「適応障がい」と診断名がつきます。最初は少しの薬が処方されます。「睡眠導入剤」や「安定剤」と呼ばれるものです。「眠れない」「不安でたまらない」とドクターに言うと薬が変わったり、増えたりします。

でも治りません。

さまざまなストレスがかかり、過呼吸を繰り返します。過呼吸が起こる「原因」が分かっている（分かった）人は、そのストレスから逃れる（離れる・逃げる）行動を起こせば治るでしょう。ストレスの「原因」が分からないと、ストレスから逃げることができず、治りません。「原因」が分からない人は「カウンセリングを受けることも有効だ」と言う精神科の先生もいらっしゃいます。

例えば、箱庭セラピーや催眠療法、前世療法もその「原因」を見つけるには効果的な場合があります。

必ずストレスの原因があります。怖がらずに見つけましょう。

誰にでも起こりうる「パニック発作」。起きてからの行動は自分自身で決められます。

ただし、人間は一人で生きていません。

自分が「居心地が良いな」と思える場所や人と触れ合いましょう。

第２章：素直なこころ

素直な人は若い

「知的障がい者」をかわいそうに…と思っている人がいます。

「知的障がい者」は知的能力が低くて何も分かっていない。知的レベルは5歳児だから難しいことは分からない。

そうですね、理解の力から言えば分からないことの方が多いでしょうね。

しかし、年齢を重ね、経験を積みます。情緒も成長します。能力的には低いですが「何も分かっていない」は間違いです。

知的障がいがあっても20歳は20歳です。30歳は30歳。60歳は60歳です。

知的障がいの人は年齢よりも若く感じられる人が多いと思います。

なぜでしょうか？

年齢を重ねると、こんなことを言ったりします。「気持ちだけは若いのだけど身体《からだ》がね～」この言葉の意図は「年老いて身体がしんどい…でも若く見られたい」です。

四苦八苦《しくはっく》の４つの苦しみの「老」ですね。

「老苦《ろうく》」です。年を取って苦しんでいます。しかし、それを認めたくないから出る言葉です。

知的障がい者の人が若く見える理由です。

「純真」「素直」「謙虚」が備わっています。

褒められたら「素直」に喜びます。飛び上がって喜びを表す方もいます。

また「恥ずかしー」と顔を手で覆って照れながら喜びを表す方もいます。

この「素直なこころ」が若く見せるのです。


自分の周りにいる人を想像してみてください。


いかがでしょうか。

年齢よりも若く見える人は「素直」なのです。

知的障がい者から学ぶことはたくさんあります。
物事に対しての「素直」な行動です。
知的障がい者や知的障がい児に出逢ったらラッキーです。
たくさんの「素直」な行動を教えてもらえます。

第２章：素直なこころ

子どもはみんな素直

子どもは「素直」です。

「素直」だから、嫌なことは泣き叫んで大暴れしてでも「やりたくなーい」と言います。でも生きていく上でやりたくなくても我慢してやらなければならないことを、経験を積みながら学んでいきます。

例えば「トイレに行く時間がもったいないからその場でしちゃおう。でも、掃除するのは面倒だな。オムツをはけばいいかな。でも、オムツはお金がかかるし。じゃあ、バケツでも置いておくことにしようか。でも、すぐに満タンになって、これも片付けるのが面倒か」。

結局「トイレに行く時間がもったいない、トイレ行きたくなーい」から「いろいろ考えたけど、トイレに行くのが一番合理的」と納得したら「トイレに行く」となります。

「納得」すれば嫌だったこともできるようになります。

「トイレに行く」「ご飯を食べる」とか人間の生理的欲求の部分は「納得」しやすいですね。


では「医者になりたい」と具体的に目標を持ちます。なぜ医者になりたいか？

「お給料はいいし、開業すれば儲《もう》かるから」

「病気の人を助けたいから」

なぜ医者になりたいかの理由はどうであっても「医者になる」と目標を立てたら、そのゴールに向かって何をしたらいいかを考えます。

「勉強して医大に入る」「医大に入るための資金を調達する」と目標に向かいます。

医者になった後の「お金のため」か「人助け」かという医者になりたかった理由によって良い医者かそうでない医者か、患者さんが判断していきますが…

どちらも目標達成までは同じです。

そうやって子どもは素直に物事を捉え、経験を積み、目標が定まったらそこへ向かっていきます。

「素直」に向かっていきます。


子どもが自分自身で「目標」を定めたときに「あなたは、どうせ無理よ」「医大なんて、お金がかかるじゃない」「勉強しなきゃ医大なんて入れないわよ」などと親や周りの大人に言われたら素直な子どもの心は壊れてしまいます。

「目標」を持ったことを後悔し始めるかもしれません。


子どもが純粋に素直に目標を持ったら、親や周りの大人は「いい目標だね」「やればできるよ」「行けるように一緒に考えよう」「応援するよ」と声を掛けましょう。

「納得」できたら、前に進みます。

そして自分で「目標」を持つ力がつきます。

周りにいる大人次第でその子の人生が豊かになります。

おせっかいとおもてなし

子どもは親にどう思われているのか気にします。

親の暴言や暴力、親の自殺、親から無視されるなどの環境で子どもが育つと「自分が悪い子だからお母さんから怒られる」「自分さえいなければお母さんは死ななかった」「お母さん、こっちを見て。私は生まれてきて良かったの？」と考えるようになります。


毎年のように親からの虐待を受けて、小さな子どもが亡くなる事件が起きます。

「かわいそうに…」

「なんていう親なの…」

「ひどい父親…」

「ひどい母親…」

と、マスコミからの情報を見聞きし、そんなふうに思います。

命を失わずに済む方法は必ずあったと思います。

子どもを保護することもその一つ。

虐待をした親への指導をすることもその一つです。

その「指導」の内容です。どうすればいいのでしょうか。

「指導」ですから
「子どもを叩《たた》かないと約束してください」

「叩いたら、また子どもと離れ離れになりますよ」

「育児に不安や大変さがあったら、相談してください」

などと指導するのでしょうか。


そのお父さん、お母さんは自分の親から正しく育てられているのでしょうか。

お父さん、お母さんも、今、自分がわが子にしているような育て方をされてきたのではないでしょうか。


子どもだけを保護するのではなく、もっと本質を見ていく必要があります。

時には、親と子どもを引き離すこともしなくてはなりません。
親と子どもが一緒にいることが幸せでないときもあります。
親も子どもも幸せに生きる権利があります。
親育ては誰がするのでしょうか。
間違った養育をしている親を育てるのは誰でしょうか。

一人一人がおせっかいになって地域社会で間違った養育者がいたら、正しい養育（子どもを愛すること）ができるように社会が育てていくことが必要な時代です。

人ごとではなくて自分ごととして捉えて、一緒に悩み、話を聞き、虐待をしてしまう親の心に寄り添う社会にしましょう。

日本の心は「おもてなしの心」と思い浮かべる人は多いのではないでしょうか。
常に自分のことよりも他の人のために…これが日本の心の原点ではないでしょうか。

〈イラスト〉Takumi

3

仏教の国

人間に生まれた理由
・
人間に生まれた奇跡

〈イラスト〉Hikaru

人間の生きる道

人は何に向かって生きているのでしょうか。
どこへ向かって生きているのでしょうか。

人は真っ裸で必死に痛みを乗り越えて生まれてきます。一瞬でその痛みを忘れてしまいます。その命はどこからきたのでしょうか。お父さんとお母さん、おじいちゃん、おばあちゃん、親類という血のつながりのある集団の中で「この子はお父さんに似てるね」「この子は誰に似てるかな」、成長とともに「お父さんの小さい頃にそっくりになってきたね」や「頑固なところはおじいちゃん譲りだ」などと言いますよね。

しかし、どうでしょうか？人はそれぞれ違います。生まれてくる環境は選べません。

生命はどこからくるのでしょうか。

命は生きとし生けるもの（この世の中に生きている全てのもの）に宿《やど》ります。

たまたま人間に宿ったと考えられます。ペットにも命が宿っています。

その魂は偶然にも人間の身体《からだ》に宿りました。魂は人間の身体を借りて人生を歩み始めます。

それぞれの魂には光の世界から持ってきた使命があります。

人間に宿った魂の使命はみんな一緒です。

その使命に気付くことができるかどうかです。


その使命に気付き、自分が何をするべきか、自分のためだけではなく、人のため、何かのため、社会貢献やボランティア、何かを人のために発明したり、さまざまな行動を起こします。

ただ使命に気付いた人にしか分かりません。


その使命に気付いた人間は、死を恐れず人間として真っすぐに生き続けます。

生きているうちに、やるべきことが明確です。

他人への思いやりの心を持って、人や物に感謝します。
「ありがとう」と常に感謝します。
そして、その使命に気付いた人間は常に謙虚でいられます。
そして、人間なんて不完全であることを認識します。

支え合って生きます。

迷わず、真っすぐに、光の世界へと向かっていきます。

第３章：仏教の国

大切な命

最近、社会問題となっている「精神疾患患者」「発達障がい者」「中高年の引きこもり」の増加。

具体的に、何が問題でしょうか。

「自立」「働くこと」「納税」「保護」…厚生労働省の管轄に密接する事案だと思います。

日本は安心・安全な国。発展もしている先進国の一つ。

でも、ここのところの日本はどうでしょう。

生まれてきた子どもが心配なく、安心・安全に養育されているでしょうか。

不幸な子どもはいないのでしょうか。

どんな環境でも幸せにならなくてはいけないのではないですか？

こんな治安の良い日本国に不幸と感じている子どももいますよね。

この問題から逃げてはならないです。

生まれてきた一人一人の大切な子どもの命から逃げてはいけません。

日本国の大人たちは、日本国に生まれてきた子どもたちを健全に幸せに育てる責任があります。

私は子どもを産み、育てることができませんでした。

とてももつらい言葉を言われたこともあります。しかし、今は子どもを産み、育ててこなかったからこその強みがあります。

出逢う子ども一人一人を心底かわいいと思うこと。

自分の子育て論がないことも今では強みに思っているので、お母さんが悩み、苦しんで子育てをしていることに心から尊敬の意を表することができるのです。

自分自身が、子どもを産み、育ててこなかったからこそ、お母さんたちに敬意を持って子育て支援ができることを誇りに思っています。

たくさんの子どもたちが幸せを感じ、幸せを与えられる大人に成長できるように、私は子どもたちへの愛情を注ぎ続けようと思います。

私が子どもを産み、育ててこなかったからこそ言える強みです。

苦しみのあとの喜び

人は真っ裸で生まれてきます。

そして人は何も持たず真っ裸で死んでいきます。

人で生まれて人で死ぬ…人と人の間が「人間」です。

魂が人間の身体を借りて生かされています。四苦八苦《しくはっく》しながら生かされています。


「四苦八苦」という言葉はよく使われますよね。

「四苦八苦」とは非常に苦労すること。大変な苦しみを意味します。

「四苦八苦してやっと商談をまとめたよ」

「四苦八苦して勉強した甲斐《かい》があって希望する学校へ合格できたよ」

などと使います。

「四苦八苦」とは、仏教における苦しみの分類です。

根本的な苦しみを「生苦《しょうく》」「老苦《ろうく》」「病苦《びょうく》」「死苦《しく》」の四つの苦しみとし、それに加えて、「愛別離苦《あいべつりく》」「怨憎会苦《おんぞうえく》」「求不得苦《ぐふとっく》」「五陰盛苦《ごおんじょうく》」の四つの苦しみを合わせて八苦と呼びます。

人間である以上、この八つの苦しみからは逃れられないとお釈迦様は説かれたわけですね。

では、「生苦」の先にはどんなことがあるでしょうか。

「生」人が生まれるとき、お母さんの産道を通ってこの世に誕生します。お母さんは陣痛と呼ばれる痛みに耐えます。

赤ちゃんは頭蓋骨を重ね合わせてまでして、なんとか産道を通過しようと痛みに耐えます。

「おぎゃ～おぎゃ～」と産声が響き渡り、この世に産み落とされます。

お母さんは言います。

「生まれてきてくれてありがとう」

うれしすぎて、涙が溢《こぼ》れます。周りにいる人はみんな笑顔になります。

そうです。

苦しみの先には喜びや幸せがあるのです。

赤ちゃんはお母さんの胸に抱かれ、ほっぺとほっぺをスリスリしたり、お母さんの温かさに触れます。

そして必死で痛みに耐えて赤ちゃんが、誕生するとその痛みを一瞬で忘れます。

人間はこの誕生したときの温もりを忘れることはありません。ずっと覚えています。

愛する人、大切に思う人をしっかり心から抱きしめてください。


「生苦」の先には喜びや幸せがありました。

年老い、病気になる苦しみを越えられた…

「死苦」の先にも喜びや幸せがあります。

それが分かると人間に生まれて良かった、と心から感謝ができます。

第３章：仏教の国

全ては借り物

人は真っ裸で生まれてきます。
そして人は何も持たず真っ裸で死んでいきます。
人で生まれて人で死ぬ…人と人の間が「人間」です。
魂が人間の身体を借りて生かされています。四苦八苦しながら生かされています。

人間の身体を借りて生かされています。
「障がい者」という概念がつくられました。
「障がい者」を正しく説明できる人が日本国民の中にどれくらいいるのでしょうか？
国民に選ばれて日本国を引っ張っていく国会議員は正しく説明できるのでしょうか？

「障がい者」は日本国では三障がいで表します。「身体障がい」「知的障がい」「精神障がい」です。

障がい者手帳というものを発行するのですが、「身体障がい者手帳」「療育手帳」「精神保健福祉手帳」となっています。

この世に生かされている動植物の頂点とされる人間に魂が宿ります。

人間の身体は「五体満足」と言われる身体と、「五体が満足じゃない」身体があります。

「五体が満足じゃない」身体に魂が宿った姿が「障がい者」です。

でも同じ人間です。使命があります。

所詮《しょせん》、身体は「借り物」です。

どの身体を借りたとしても、その人の生きざまです。

所詮「借り物」と理解し生かされています。「健常者」であっても「障がい者」であっても同じです。

同じ「人間」という土俵です。

どんな使命かに気付いて、生きざまを残す。
生かされている間に何をするかです。生かされている。

必ず人間の身体という借り物は滅びます。
どんな人生を送るか、生かされている使命を知ったものだけが幸せに人生を全うできます。

第３章：仏教の国

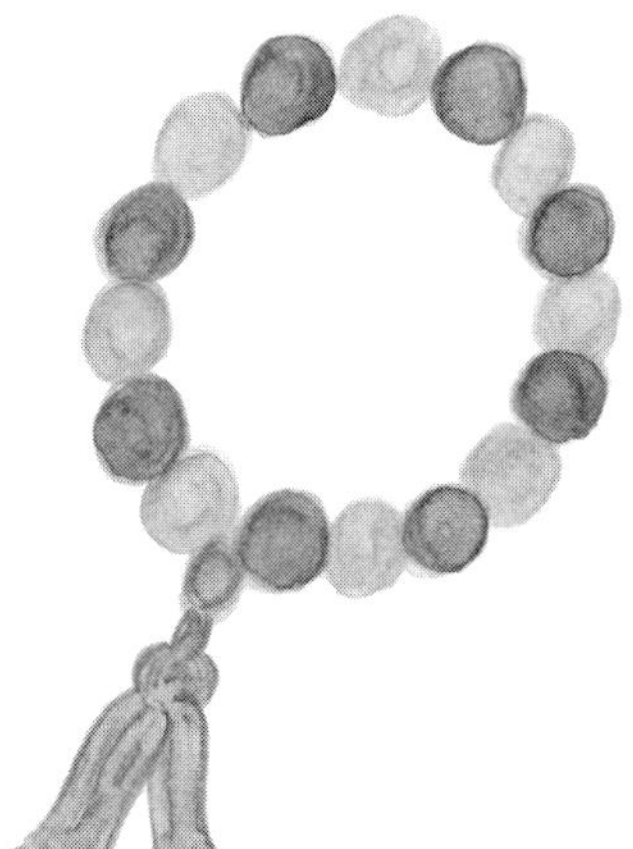

笑顔の源

自分が持たされている使命が何なのかに気付いて、生きざまを残す。

生かされている間に何をするかです。

では具体的に何をしたらいいか…

使命に気付くことができるのか…

今、人間に生まれました。魂が人間の身体を借りました。

人間に生まれてきた理由があります。きっと…といった曖昧なイメージですが。

しかし、人間の身体に魂が宿った「自分」が存在したからには、どんな使命を持って生かされているのか知りたい。

「私の笑顔の源は？」

「私の悲しみの源は？」

「私の達成感を感じる源は？」と自分に問い掛け続けると、答えは必ず時間が掛かったとしても見つかります。

私の得意や不得意、好きなことや苦手なこと、自分がどんなことで喜んでいたり、悲しんでいたりするかが分かると、楽しいことをやれば自己承認が得られます。得意なことが分かって、そこを生かせば、他人から褒められ、感謝されるかもしれません。

自分の得意を知ることで誰かの役に立てます。

得意なことは重宝されます。

料理が得意なら一流の料理人になって、おいしい料理をたくさんの人に食べてもらいましょう。

絵が得意なら、たくさん絵を描いて、見るだけで幸せになる絵で人を喜ばせましょう。

自分のことを理解して、得意なことを頑張って、周りにいる人に幸せを与えましょう。

みんなが自分のことをしっかり正しく理解すると、みんなが誰かを幸せにします。

誰かがみんなを幸せにします。

自分を知って、さらに生かすことで、たくさんの人が笑顔になります。

世界平和

「世界平和を目指します」なんて聞くとあなたはどう思いますか。

「そんなぁ…家庭平和もままならないのに…」とか。

「勤めている会社が平和になるのが先でしょう」とか。

そりゃそうですよね。

「自分の身近な周りすら平和じゃないのに…何を大きいこと言っちゃってるの」ですよね。


そうかもしれません。

それでも、

「世界平和を目指します」

言霊《ことだま》かもしれません。自分自身に言い聞かせているのかもしれません。

どちらでも良いのです。


平和・幸福、そんな社会にしたいです。

地球は温暖化でこのままでは無くなってしまうかもしれません。

人間社会ができてから、ルールやマナーが作られました。

裸で過ごすことが許されず（世界中を探せば裸族は今も存在しますね）、さまざまな免許が必要です。

車を運転するには「運転免許」が必要です。

免許が無いのに運転したら、無免許運転で罰せられます。


「世界平和を目指す」と発信している人が日本国に多数います。

その人たちの共通点はルールやマナーを守り、そして「四苦八苦」を乗り越えます。

さらに成長欲求（向上心）が大きいことです。


苦しんだ経験から、感謝の気持ちが生まれます。

難しいこともたくさん経験してきました。難しいことを大切にしています。

難しいことが無かったら…無難です。
難しいことがあったら…有難いことですね。

「ありがとう」という言葉を大切にしている人は、誰かが「世界平和を目指します」と発信すると、
「わたしは、〇〇〇をして世界平和を目指しています」と具体的に説明します。

第３章：仏教の国

仏教の国

日本人のほとんどが仏教徒です。

私は父が亡くなるまで、仏壇も無い家庭で育ちました。

ただ、たまたま幼稚園がお寺だったので、幼稚園のときは日々仏様にお参りをしていました。

そのとき頂いた、小さな仏像が今も実家にあります。


「感謝の心」

「利他《りた》の心」

「南無阿弥陀仏《なむあみだぶつ》」

「他力本願《たりきほんがん》」

「四苦八苦」などお釈迦様がお残しになった御心は多少なりとも知っています。

良いことに出逢《あ》えばありがとうと感謝の気持ちを表し、
悪いことに出逢っても、これは私への宿題、絶対に克服してやると感謝し、
当たり前に平穏に過ごせたら無難に感謝し、
こうして感謝の気持ちを持つことが大切だと思っています。
仏教の教えが日本にはあるのに、残念ながら現在は「葬式仏教」に成り下がってしまっているのかもしれません。
でも卑屈に残念に思うことはないのです。
お釈迦様は、気付いたときに始めればいいのだと示しています。
気付いたそのときから感謝の気持ちを持ち、「いただきます」「ごちそうさま」「ありがとう」と言葉にしなさいと。
日本は仏教の国です。
一人一人が感謝の気持ちで「ありがとう」と言い、お釈迦様の教えを学び続けることです。

かぐや姫の罪

「日本昔話」って昭和の時代には毎週テレビで放映されていました。

その「日本昔話」の一つに「かぐや姫」というお話があります。とても有名ですよね。

「かぐや姫」とは日本で初めて作られた物語文学です。「竹取物語」を子どもにも分かりやすく紹介したお話です。

簡単に説明すると、竹の中から出てきたかぐや姫は竹取のおじいさんとおばあさんに育てられます。とても美しく育ったかぐや姫は多くの若者から求婚されますが、誰とも結婚しません。そして生まれ故郷である月へ帰っていくというお話です。

月へ楽しそうに帰っていった？

そう印象に残っている人は少ないのではないでしょうか。

美しいかぐや姫は「結婚」しなければならない理由が納得できず、煩悩でいっぱいの人間たちと出逢い、ふさぎ込む毎日です。

悲しい気持ちで「煩悩」を消滅させることができない「人間」たちを一人も救うことができず、悲しい気持ちのまま月からのお迎えが参ります。そして一人で帰っていきました。

「煩悩」とは仏教で心身を悩ませ、苦しみ、煩わせ、汚す心の作用のことです。

仏教では「煩悩」が人間の苦しみの原因になるとされています。

人間の諸悪《しょあく》の根源とされているのは「三毒《さんどく》」と言われる「貪欲」「瞋恚《しんに》」「愚痴」です。

「貪欲」とは欲の心

「瞋恚」とは怒りの心

「愚痴」とは恨みや妬みの心

欲が無くなり、怒りが無くなり、人を恨むことも嫉妬することも無くなることを想像してみてください。

三毒が強ければ強いほど想像することが難しいかもしれません。

ここで

「しょうがない」

「所詮、人間だから」

「欲があるから頑張れるじゃん」

と三毒を無くそうと思わないまま生きるのか、

三毒を少しでも減らすためにどうしたらいいのか、苦しみながらでも三毒を無くそうと思い生きるのか…。

頭で考えてできることではないのかもしれませんが、「少しでも減らしたい」と思う人間でありたいと思います。

第３章：仏教の国

真実の愛

「真実の愛とは」

そんなことを日々考えて過ごしている人はあまりいないかと思います。

彼氏やご主人（彼女や奥さま）にこんなふうに言ったことありませんか？

「ねぇ私のこと愛してる？」

「私のこと愛してないのね…」と愛している証拠を確かめるために、「愛してるならバッグ（ブランド品）を買ってよ」と目に見えないはずの「愛情」を形あるもので表現しようとします。

人間の煩悩そのものですね。

「煩悩」とは仏教で心身を悩ませ、苦しみ、煩わせ、汚す心の作用のことです。

仏教では、煩悩が人間の苦しみの原因になるとされています。

愛し合っているはずの二人が、相手を求める行動です。

この行動も「欲の心」を表しています。

この行動に「良い」か「悪い」かを考えても意味がありません。

「真実の愛」とはどういうことなのでしょうか。


「真実の愛」

自分よりも相手のことを思う気持ちです。

自分がたとえ死ぬことになっても相手を守りたいと思う気持ちです。

「愛」という感情は目に見えません。

しかし、「愛している」ことは相手に伝えることができます。

相手を思いやって行動し、相手の立場に立って物事を考えます。

「相手が喜ぶことは何かな?」「なんて声を掛けたら喜ぶかな?」と常に相手に感謝の気持ちを持って接します。


必ず、目に見えない「愛」が伝わります。

この世に生を受けて

人はみんな、お母さんの産道を通って、この世に生を受けます。

生を受けるまではみんな同じですが、産み落とされた人間の赤ちゃんが育つ環境はみんな違います。

日本では、産婦人科という病院やクリニックと呼ばれるところで出産することがほとんどでしょう。

昔は助産師さんが自宅に来て、家族の見守る中で出産をしていました。

しかし悲しいことに、お母さんがたった一人で出産することもあります。

望まない妊娠ですね。この事実が表に出てくるとしたら「事件性」があった場合です。

望まない妊娠は表に出ないだけで少なくはありません。

妊娠に気付き堕胎《だたい》することもあるでしょうし、妊娠したお母さんがたった一人で産む場合もあります。

たった一人と言っても、お父さんはいないけど（分からない）、おばあちゃん、おじいちゃんなどの家族や周りの人に祝福されて出産することもあれば、誰にも言えずに病院にも行くことができずに出産することもあります。

もっと言えば、お母さん自身が妊娠に気付くこともなく、周りにも「最近太ったね」と気付かれずおなかが痛み出してから気付き、出産に至ることもあります。

生まれるときはみんなお母さんの産道を通って、この世に出てきます。

しかし、産み落とされた環境は誰一人として同じではありません。

そして、どんな環境の中で生きていくかはみんな違いますが、人間として成長していきます。

そして、どんな環境でも人間は生きていかなければなりません。

最近の自殺者は減少傾向にはありますが、年間で２万人を超える人が自ら命を絶っています。

自殺の理由はさまざまでしょう。

産み落とされた環境によっては

「僕なんて生まれてこなければ良かった」

「僕が生まれてきたときに誰か喜んだ人がいたの？」

「私のお母さんは誰なの？　なんで私を捨てたの？」

という子どもたちがいます。

お母さんと一緒にはいますが出生届が出されず、社会との関わりがほとんど無い子どももいます。

しかし、不幸とも言える環境に生まれてきても、ほとんどの子どもは社会との関わりが持てています。

そして、さまざまな支援者となる大人と出逢っていきます。

義務教育である小学校、中学校の教員はさまざまな環境で育っている子どもたちを教育する仕事です。

どんな環境で育った子どもでも、その子、その子、一人一人に全く同じ教え方ではありませんよね。

みんな違うはずです。子どもたちは生まれ持っている能力と、与えられた環境の中で得た経験からさまざまな行動をします。

目の前の子どもの行動だけで判断せず、子どもの生まれ育っている背景を全て見て判断し、適切な教育を受けさせなければなりません。

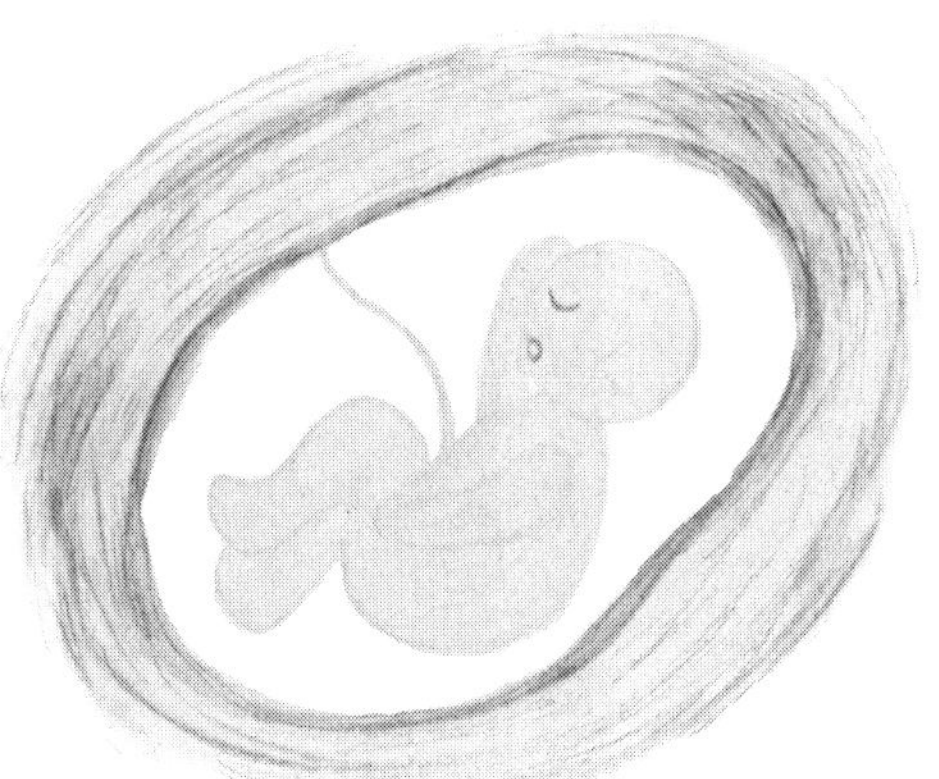

人間に生まれてきた目的

ドイツの哲学者「ニーチェ」は、

「仏教はキリスト教に比べれば、100倍くらい現実的です」

「仏教は歴史上に見て、ただ一つのきちんと論理的にものを考える宗教だと言っていいでしょう」

と言っています。


仏教は「仏の悟り」を開かれたお釈迦様が、全ての人にとって本当の幸せになれる道を発見され、言葉を尽くして教えたものなのです。

生きとし生けるもの全てに魂が宿ります。

人間に生まれてきた理由がそこにはあります。

六道《ろくどう》とは仏教において、衆生がその業の結果として輪廻転生《りんねてんしょう》する六種の世界を言います。

六道とは

天道…六道の中では楽しみの多い世界ですが極楽浄土《ごくらくじょうど》とは違って、やはり迷いの世界で、悲しみも寿命もあります。

人間道…苦しみも楽しみもある私たちが生きている世界。六道の中で唯一、仏法が聞ける可能性があり、仏教を聞けば六道から解脱《げだつ》できます。

修羅《しゅら》道…闘争の激しい世界、喧嘩《けんか》が絶えない。

畜生《ちくしょう》道…動物や鳥、昆虫の世界、弱肉強食で自分より強い生き物に突然襲われて食われてしまう。常に不安におびえています。

餓鬼《がき》道…飢えと渇きでがりがりにやせ細り、骨と皮となって苦しむ世界。欲深く、けちな人が餓鬼に生まれます。

地獄道…最も苦しみの激しい世界。

私たちは、果てしない遠い過去から、生まれ変わり、死に変わり、車の輪が果てしなく回るように六道輪廻を繰り返しているということです。

この六道輪廻から離れると、死ぬと同時に「浄土」に生まれます。これを「浄土往生《おうじょう》」と言います。

六道輪廻から離れることを「解脱」と言います。

この「解脱」が仏教の目的です。

仏教は六道の中でも人間に生まれたときしか聞けません。人間に生まれたら仏教を聞いて、絶対の幸福になることが人間に生まれてきたことの目的だと仏教では教えられています。

光の世界へ、魂の故郷へ、人間に生まれたこのときに「帰りたい」と思うかどうか、気付くかどうかです。

気付いた人は、人間として生まれてきた喜びを感じて生きることができます。

第３章：仏教の国

人間に生まれてきた奇跡

六道輪廻を繰り返し、繰り返し、人間に生まれました。

人間に生まれ仏教に出逢い、所詮、自分は「凡夫《ぼんぷ》」であると認めます。

「凡夫」とは仏教の真理に目覚めることなく、欲望や執着などの煩悩に支配されて生きている人間のことを言います。

所詮「凡夫」なのですが、仏教に出逢い「南無阿弥陀仏」と念仏を唱え、感謝の気持ちやありがたいという気持ちで毎日過ごします。

人間に生まれてきた理由も分かってきます。


全てはお釈迦様の説いた「一切経《いっさいきょう》」（七千余巻《ななせんよかん》）に記されています。

「因果《いんが》の道理」は仏教の根幹です。

根幹とは「根っこ」であり、「幹」であるということです。

仏教を一本の木に例えます。

「因果の道理」は根っこであり幹にあります（根幹）。

根っこが無ければ枯れてしまいます。幹を切ったら倒れてしまいます。

「因果の道理」（根幹）が分からなければ、仏教は一切分かりません。


日本に生まれてきた私たちはほとんどの人が仏教徒です。

これは私たちの代々のご先祖様が大切に守ってきました。

時代とともにカトリック（キリスト教）が日本に入ってきました。

人間はみんな
「幸せになりたい」

「安心を得たい」

と思っています。

そして「平和でありたい」と願っています。

日本人としてこの世に生まれてきました。

必ず「仏の世界」「浄土」へ、「魂の故郷」へ帰ることができます。


「感謝の気持ち」

「利他の心」

「相手の立場に立って物事を考える」

「人を憎まない」

「目の前にいる人に優しくする」

「過ちを許す」

日々、生きとし生けるもの全てに感謝しましょう。


太陽の光にも、風にも、雨にも、地球上の木々、草、土、全てのものに感謝しましょう。

魂は人間の身体を借りて、宿り、生かされています。


どのように生きるかで六道輪廻から離れ（解脱）、「浄土」へ帰ることができます。

人間に生まれてきた「奇跡」を無駄にしたくありません。

第３章：仏教の国

〈イラスト〉Syun

子どもたちへ

幸せになっていいんだよ

〈イラスト〉
Satoshi：子どもたち
Asuka：チューリップさんたち

できるよ あなたならできるよ

苦手なことがあってね。
運動が上手にできなかったの。
幼稚園のとき、卒園までに
「逆上がり」が
お友達みんなできるようにしようって
先生が言ったの。
でも…できない。
クラスのみんなが
どんどん
できていく中で

私ともう一人のお友達だけができなかった。

いつできるのかな…

でもね、先生はできていない私とお友達を励まし続けたの。
「できるよ、大丈夫」
逆上がりがすでにできていた、お友達に
「二人を応援しよう」って先生が言ったの。
「がんばーれ、がんばーれ」って
お友達が応援してくれた。

そしたらね、そしたらね
二人そろって逆上がりができたんだ。
応援してくれたおかげ。
できなくても誰も責めなかったおかげで。

ドキドキがワクワクに変わった

初めての人
初めての場所
ドキドキするな、イヤだな。
どうしよう。
行かなきゃならないの？
逢《あ》わなきゃならないの？
「ドキドキ」
でもお母さんと一緒だから
がんばって行ってみたよ。

「こんにちはー」
「あそぼー」

積極的な性格の子たちが声を掛けてくれた。
うれしかった。
ドキドキがなくなった。

楽しかった。

行って良かった。
「ドキドキ」から
「ワクワク」に変わった。
少しずつ「初めて」が苦手じゃなくなってきたよ。
経験が力になるんだね。

ママ
ごはん作ってくれてありがとう

お母さんとのお買い物は楽しい。
試食をして、おいしかったら買ってもらえたりするし。
お手伝いのフリしてお買い物へ付いて行く。
お菓子も買ってほしいけど…
自分からは言わずに…
お母さんが
「買っていいよ」と言ってくれるのを待とうかな。
「買っていいよ」って言ってくれなかったら、買ってもらえないかな。
なんて、いろいろと考えちゃう。

お母さんは、今夜の夕食の献立を考えていて
頭の中は
いっぱい、いっぱい。
そんなときに
「ママ〜、お菓子買って〜」って言うと
「お菓子を買いに来たんじゃないでしょ〜」と
いっぱい、いっぱいのママは
イライラしちゃうかも。
ママの大変さも
分かってあげようね。
「今日も、ごはんを作ってくれてありがとう」って言ってみて。
きっと
「お菓子を一つ買っていいよ〜」って
ママは言ってくれるからね。

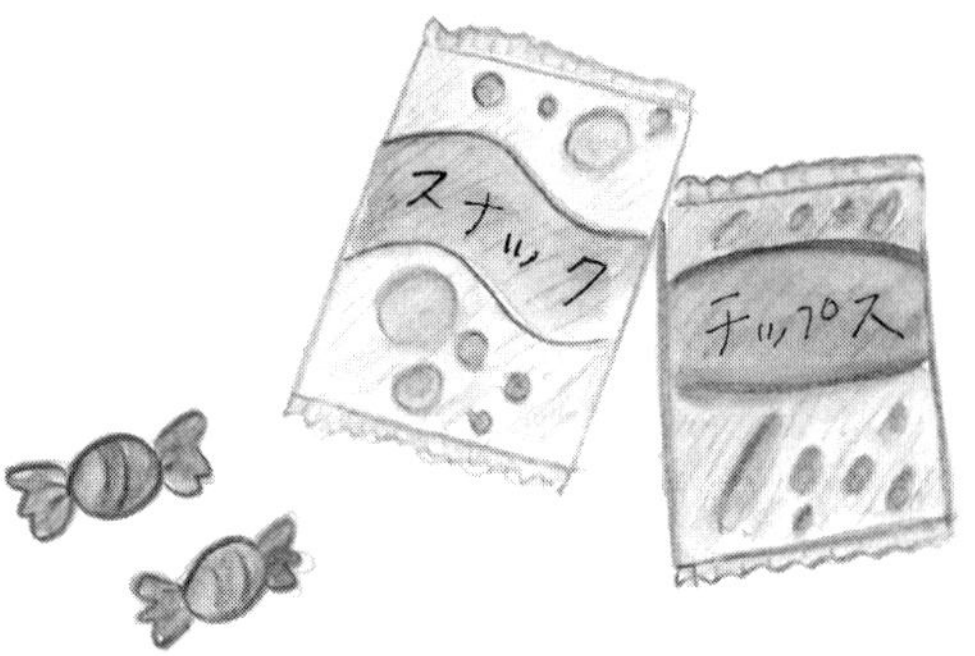

小鳥

飼っていた小鳥が逃げちゃった。
いっぱい
いっぱい探したら
ちょっと離れたお家で飼われているみたい。
でも、うちの小鳥じゃないかもしれないしな…

どうしよう

逃がした自分たちも悪いしな。
返してって言うことは
できないな…

かわいがってもらえていたらいいか。
良かったと思えるから。

今度は
逃がさないように
きちんと飼おうね。

ペットも大切な家族だもの。

大切な命。

叱る

お兄ちゃんだから
我慢しなさい。
お姉ちゃんなんだから
妹の面倒を見なさい。
まだまだお兄ちゃんもお姉ちゃんも子どもなのにね。

お父さん
お母さん

甘えさせてあげて。

弟も妹も
いけないことをしたら
ちゃんと叱ってね。

感情的に
「怒る」のではなく（怒鳴ったり、叩《たた》いたり）
「それは違うよね」と
軌道修正したり
情報提供したり
きちんと叱ってください。
子どもは
きちんと説明することで納得します。
ちゃんと分かりますから。

「なんで?」

大人だって、やる気のない日はある。
子どもは
毎日分からないことだらけ
「なんで?」
「どうして?」
と、疑問の嵐。

「なんで?」って質問しても
納得できる答えがすぐに返ってこないこともあるし。

「この宿題、なんでやらなきゃならないの？」

「なんで、明日は校外学習なの？」


宿題やりたくないし…

校外学習だって行きたくない…

やらなきゃならない理由と
行かなきゃならない理由を
納得できるように説明して。

納得できたら
「やるからさー」

「行くからさー」

子どもは思ってます。

「お願いします、説明してください」

みんな違うからおもしろい

誰にだって、好きなことと嫌いなこと、苦手なことがある。
得意なことだってある。

でも
自分は何が好きなのか？
得意なのか？
よく分からない。

まず
自分は何をしているときに
「ニコニコ」しているかな？

自分を観察してみよう。
絵を描いているとき？
本を読んでいるとき？
お友達とおしゃべりしているとき？
一人でブロックを作っているとき？
たくさん、たくさん観察してみよう。
みんな違うよ。

お友達が「好き」って言うから
好きじゃないけど「好き」って言った。
好きじゃないことは「好き」って言わなくてもいいんだよ。

自分は、たった一人。
みんな違うよ。
みんな違っていいんだよ。

がんばってるの

ちょっと、成績が良くて…
いつも褒められるし
お友達からは
「すごいね～」
「いつも、いい点数だよね～」って褒めてもらえる。

でもね、でもね、
がんばってるの。
とてもがんばってるの。
本当は分からないことも、苦手なこともあるの。

でもね
褒められたくて
一〇〇点をがんばって、がんばって取ってるの。
でもね
もう疲れちゃった。
「分からない」
「できない」って
〇点でもいいかな…

もうがんばらずに自然体でいたいな。

良いと思うよ。
がんばらなくて。
自分らしく、好きなことを
たくさんしてみようね。

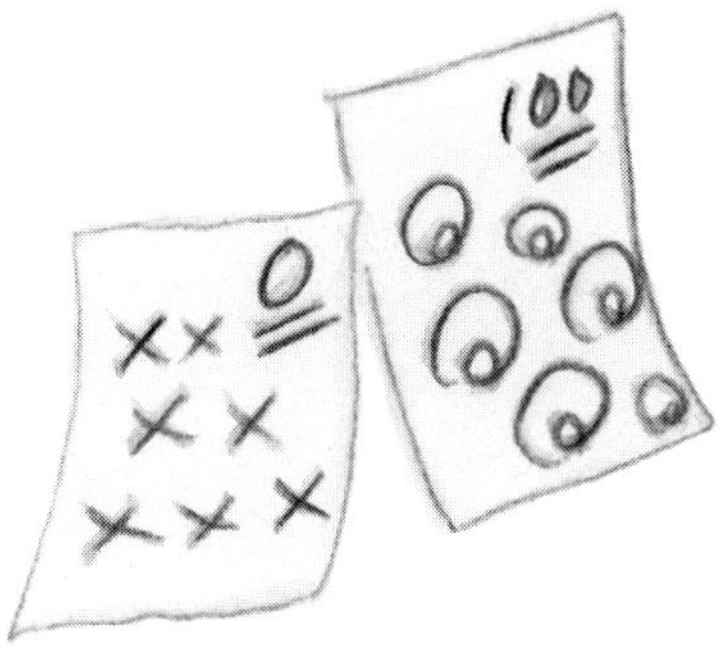

好きなこととできること

自分は苦手だけど
それをやっている人のサポートをしたいと思っている。
例えば
バレー部のマネージャーとか
サッカー部のマネージャーとか

運動は苦手だけど
スポーツは好き。
できないけど
応援はしたい

観戦もしたい。

サポートすることも大切。
スポーツは得意だけど
練習の仕方
食事管理
健康管理
体力づくりってなると
自分で考えることも
管理することも苦手。
手伝ってくれる人がいたら
もっと良い選手になれるかも。
人は、そうやって
支え合って
生きている。

笑顔は宝物

人は
必ず
反抗期があるらしい。
それは、早かれ、遅かれ、あるらしい。
人によっては
反抗期は早ければ早いほど良いって言う。

悪さをしたいときって
ママやパパ
先生に認めてもらえているかの確認をしたいときなんだよね。

褒めてもらえていないと思っているとき。
違うよ…
生まれてきてくれただけで
宝物。
生きているだけでうれしいよ。
だからね
どんなに大変でも
笑顔でいてほしい。

それでも
大変だったら
「助けて」って
耳を傾けてくれる大人に言うんだよ。

甘えていいんだよ

いつでも安心できる場所にいたいな。
いつでも安心できる大人と一緒にいたいな。

当たり前の感情

安心できる場所や人がいないと思ったら
近くにいる、話しやすい大人に話してみて。

「わたし、ここにいていいの？」

「ぼくの居場所はどこなの？　分からない」

「わたし、誰かに甘えたいの」

「ぼく、助けてほしいよ」って
近くにいる、話しやすい大人に話してみて。

それだけでいいからさ。

言葉に出してみて。

本当は、どっち？

何が本当なんだろう？

合ってるの？
間違ってるの？
誰か本当に正しいことを教えて。

学校でね
先生が言うの。
「ゴミはゴミ箱へ」
「使ったものは、あった場所へ戻すこと」

そんなこと
パパとママはしないもの。

どっちが正しいのかな。
どっちも間違っていないのかもね。

でも
疑問に思ったら、聞いてみて。

優しく丁寧に教えてくれる
大人が、見つかるまで
聞いてみて。

ママとパパを守らなきゃ

ママとパパと一緒にいてあげないと
ママもパパも楽しそうじゃないもの。
不機嫌だし
喧嘩《けんか》ばかり
私が守ってあげなくちゃ

私がママとパパのストレス発散の相手にならなきゃ

学校や
いろんなところに
怒って
文句を言いに行っちゃうもの。
そんなことしてほしくない。

だから
ママとパパを守らなきゃ。

でも
わたしもしんどいな
と思ったら
話しやすい
大人につぶやいて。

目の前のお友達に優しくしてみる

戦争はして良いのですか？
原爆は落として良かったの？

喧嘩って
戦争？

なんで喧嘩しちゃうのかな。

みんなが仲良くしたら
戦争も原爆も
喧嘩だって
無くなるよね

なのになんで大人は喧嘩するの？

喧嘩しなくて済むにはどうすればいいの？

目の前のお友達に笑顔で優しい気持ちでお話したらいいのかな

僕は
目の前のお友達に
優しくしてみるよ。

子どもは天才

大人ってさ
なんで
教えてくれないの？
割り算の筆算と
分数の分母と分子？
なんで
こんな記号なの？
なんで
分母を分子で割るの？
何？　何？

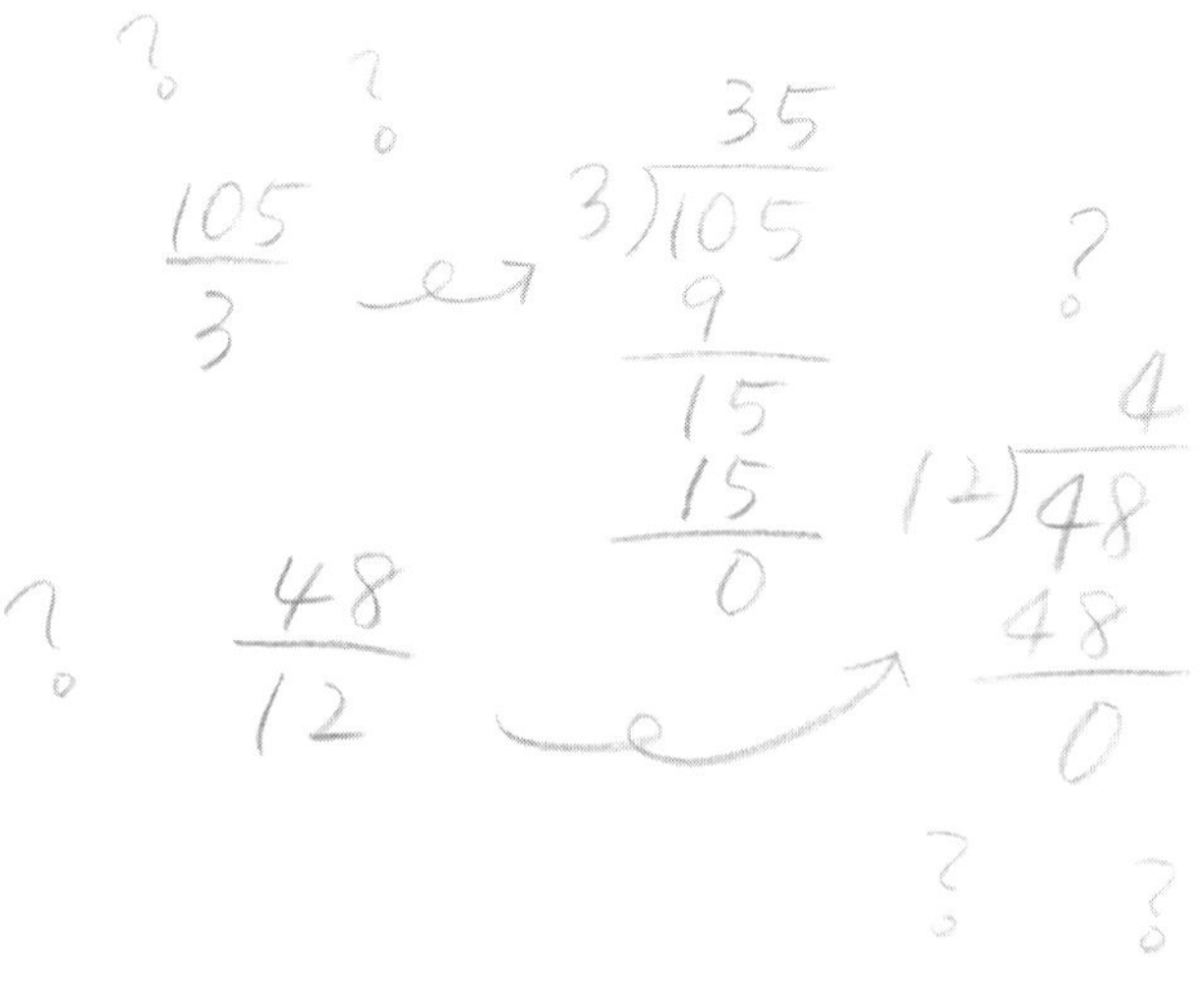

なんで、この計算を勉強するの？
それが分からないと、前に進めない。

…ごめんね…

これを疑問に思う大人が少ないのよ。
ここで引っ掛かる子どもは
きっと天才
あなたは天才
だから
説明できない大人に出逢ったら
心の中で
「大人でも分からないのね、おばかさん」ってつぶやいて。
心の中でね。
あなたは天才！

説明できないこと

なんで？
なんで？
どうして？
どうして？

「なんで木は育つの？」
「なんで、夏には青葉が茂って、秋には紅葉したり実がなったり、なんで？」

「それが自然の摂理なのよ」

「だからー」
「なんでー」
そんな
「だからー」
「なんでー」って言われても
分からないのよね。
説明できないのよね。

こんなとき
分からないパパやママ、先生も許してあげて。

そして
パパ、ママ、先生は
説明できる誰かを
探す努力をしてみて。

見ています、子どもたちは

先人《せんじん》だから素晴らしいことはあります。
しかし
生まれたばかりの
純粋な
「知らない、分からない」という謙虚さは
年とともに失われていくことを自覚した方が良い。

子どもたちは見ています。
純粋な目で
大人の行動を。

間違っていること
大人になっても
知らないことは知らないと認めること。

子どもたちは見ています。

子どもたちは目の前にいる大人が
教師です。
一番の教師は親です。

そして
関わった大人たちです。
子どもたちは見ています。

繊細な子ども

繊細過ぎたり
感性豊か過ぎたり

見え過ぎるのです。
聞こえ過ぎるのです。
感じ過ぎるのです。

みんなと一緒に行動しなさい
それが一番難しいのです。
それを大人が分かってくれない。

そんな、つらいことってありますか？

子どもは繊細です。
感性豊かです。
豊か過ぎる子どもたちは
天才的な才能を持っています。

その芽を勝手な大人が摘まないでください。

見守って
みんなと違う豊かな感性を伸ばしましょう。

大人が
忘れ去ってしまった感性を
思い出すことから始めましょう。

生まれてきてくれてありがとう

ママはね
赤ちゃんを産むときにね
とってもおなかが痛くなるの。
とっても
とっても痛くて、痛くて
泣いちゃうし
叫んじゃう。
でもね
子どもが生まれて
元気な産声をあげて

ママの胸に抱かれると
スヤスヤ眠るの
その顔を見て
ママは泣いて喜ぶの。
そして
周りにいる
パパ
おじいちゃんとおばあちゃん
みんなが
うれしくって
泣いて喜ぶの。

みんな
生まれてきてくれて
ありがとう。

パパ

ママはね
痛みに耐えて
赤ちゃんをこの世に産み落とすの。
それを見守るのがパパ。

パパってね
とっても冷静。
ママが死に物狂いで
赤ちゃんを産んでくれる。
パパは

生命を授かったことに感謝して
命を守っていく。
ママが赤ちゃんを安心して育てられるように
パパは一生懸命働き、ママと赤ちゃんを見守ってくれるの。

パパって
不器用な所もたくさんあるし
言葉に表すのが不得意だったりするけど
客観的に
論理的に見守るのがパパ。

パパ
ママと赤ちゃんを
見守ってね。

ママ

ママの思うように
良い子でいられず
ごめんね。

悪いこともしちゃうけど
でも、ママと一緒にいたい。

ママに褒めてもらいたい
ママの役に立ちたい

ママも私を、僕を、頼ってよ。
ママの役に立ちたいよ。

生まれてきて良かった。

ママの子どもで良かった
ママと仲良く一緒にいたいだけだから。

勉強ができなくてごめんね
良い子でいられなくてごめんね。

でも
ママの子どもで良かった。
ずっと一緒にいてね
ママ。

おせっかいしてほしい

ママね
ママのお母さんを
知らないの。
誰だか分からないの。

だからね
ママね
どうやってママになったらいいか
分からないの。

子どもを産んだけど
この子は好きだけど
どうやって接したらいいか
分からないの。

どうしたら分かるのかな？
ママも
誰かに
「助けて」って言っていいのかな。

ママよりも
少し大人な人が教えてくれるかな
おせっかいしてくれる誰か、いるかな。
話してみよう
優しそうな大人に。

ママ
生まれてきてくれてありがとう

なんで言うこと聞かないのよ。

叩いたって誰かに話したら
「虐待」って言われそう。
叩きたいわけじゃない
大好きなわが子を。

叩かないで子育てしたいの
叩いてしまった後どうしたらいいいの？

抱きしめよう
叩くのは良くないよ。
でも
ママだって一生懸命
自分の感情のコントロールをしたくてもできなかったんだよね。

悲観する前に
わが子を抱きしめよう。
抱きしめて
「愛してるよ、生まれてきてくれて良かった」って
わが子に言ってみてね。

ママも言われたことないかもしれない。

ママも生まれてきてくれてありがとう。

子どもってかわいいね

ごはん作らなきゃ
洗濯機、終わってる…
干さなきゃ…
「やらなきゃ」って分かってる
でも
どうやったらいいか、分からない。
「もう、グズグズ言わないで」
「少し静かにして」

なんで言うこと聞いてくれないの

どうやって接したらいいのか分からない。

誰か教えて
じっと
子どもを見つめる。
笑った。

そうか
子どもを見つめればいいのかも。

笑った
かわいかった。
そうか
子どもはかわいいのか。
わたしも、かわいかったのかな。

ハグしよう

「抱きしめる」って
ちょっと恥ずかしい。

「ハグしよー」なら恥ずかしくない。

「あんたって
いたずらばっかり
怒るわよーーー
でも
大好きーーー」

って
「ぎゅ」っとハグすると
いたずらしなくなる。
構ってほしいからの
「いたずら」だったりする。

ならば
構ってるの合図。
「ぎゅ」っと
ハグしてみよう。

ママ大好き

なんで
ママは怒鳴るんだろう?
なんで
ママは叩くんだろう?
どうしてもママに見てほしくて
いたずらしちゃう。
ぼくを見て

構って
そうすると
ママが見てくれる。
でも
怒られて
叩かれる。
ママは僕のこと嫌いなの？

「ママ大好きー」って抱きついた。

そうしたら
ママは笑顔で
「お前は、何を言ってんのよー」って
…笑った…
うれしかった。

笑顔

また文句言われちゃった。
学校の先生になって
子どもはかわいい。
でも、仕事に追われる日々
しかも
上司や親御さんから
いつも怒られてばかり。
なんで先生になったのかな？
子どもが好きだし
健やかに成長する子どもたちの教育者になりたいという志があった。

今、どうかな？
毎日、学校へ行くのが嫌だと思っている。
好きなことを仕事にしたのがいけなかったのかな？
仕事は大変なことだから仕方ないのかな？
こんな大人でいいのかな？
今日は笑顔で過ごそう
絶対笑顔で過ごそう。
「先生、一緒にドッジボールしよう」
「先生、本、読んでー」
いつも以上に声が掛かる。
「せんせー」って抱きついてきた。
うれしかった
笑顔でいようと思った。

おわりに

人は裸で生まれ、裸で死んでいきます。その魂は人間の身体《からだ》というものを借りて人間の人生を歩みます。産み落とされる身体は、みんな違います。育つ環境は、みんな違います。ただ、どんな環境でも幸せになる権利はあります。

産む親、育てる親、関わる大人。たくさんの人生の先生が次々に現われます。正しい養育と教育を受けることができる日本という国で人生を歩みたいです。私自身は子どもを産み、育てていません。今は、子育て論が自分に無いからこそ、冷静かつ客観的に子育て支援ができることを強みに感じています。

ちっちゃい頃から小さい子が大好きでした。今も小さい子（若者も）がかわいくて、愛《いと》おしい存在です。ありがたいことに、たくさんの子どもたちやその親御さんから「きょうこさーん」と声を掛けていただきます。私も何かの、誰かの役に立ちたい思いです。誰かの役に立つことで喜びを感じます。この世に生まれてきた子どもたちが自信を持って生きることのできる社会をつくりましょう。

「児童虐待」「不登校」「いじめ問題」「引きこもり」「薬物依存」「詐欺グループ」の問題が毎日のように報道されています。子どもたちがどこかに居場所を求め、悪い方向へ行ってしまう。悪い方向にも自分の居場所、役割があるから。

「生きていて良い」「生まれてきて良かった」という感情を、全ての人が自信を持って感じていれば、平和な世の中になります。認め合い、信頼し合い、間違っている行動に対して「間違っているよ」と教え合える人間関係をつくりましょう。

私はこの世に生を受けたことへの感謝の気持ちでいっぱいです。今まで経験したこと全てが必然でした。そして出逢《あ》った人が私に教えてくれたことは、良いことも、そうでないことも私にとって必要な出来事でした。良いことも、そうでないことも私を成長させてくれました。振り返ると、「そうでないこと」すなわち「良くないこと」「嫌なこと」の方が私を成長させてくれました。この先もきっとそうでしょう。四苦八苦《しくはっく》しながら自分のために、誰かのために、みんなのために、平和な世界を目指して生きましょう。

「素直なこころ」を出版するまでに、私と出逢った全ての方々へ感謝申し上げます。

「ありがとう…」

著者紹介　**國政 恭子**（くにまさ きょうこ）

障がい福祉の仕事と出逢い、さまざまな家庭や子どもたち、そして親たちと出逢い、相談を受ける。
障がい者・障がい児の相談支援専門員という仕事に就いて経験したこと、
福祉サービス事業を展開する経営者である夫と結婚して経験したことを人生の糧とする。

人の心を学ぶために「コミュニケーション」「心理学」「自己理解・他者理解」、
そして「脳科学」へ興味を広げていく。
多くの人が「人間関係」に難しさを感じている。難しくしているのは自分自身。
相談員としての経験を重ねることから、
人間に生まれてきた理由、使命、奇跡を考えるようになる。
人々は平和を祈っています。
広島市は平和を祈る、願う都市の代表です。
その広島市から発信したいと奮闘中。
「世界中の人々が幸せになりますように。
世界が平和になりますように」と願いつつ…。
広島市を中心に、子育て・人材育成・地域づくりをテーマにした
研修会や講演会の開催、個別相談を主な活動としている。

〈イラスト〉Takumi

素直なこころ

2019年7月8日　第1版第1刷発行
著　　者／國政　恭子
発 行 人／通谷　章
編 集 人／大森　富士子
発 行 所／株式会社ガリバープロダクツ
広島市中区紙屋町 1-1-17
TEL 082（240）0768（代）
FAX 082（248）7565（代）
印刷製本／株式会社シナノパブリッシングプレス

© 2019　Kyoko Kunimasa All rights reserved. Printed in Japan.
落丁・乱丁本はお取り替えいたします。
ISBN978-4-86107-078-5　C0077　¥1200E